Directeur de l'édition
Laurent Lachance

**Direction artistique
et conception graphique**
Dufour et Fille, Design inc.

Commercialisation
Jean-Pierre Dion

Diffusion
Presse Import Léo Brunelle inc.
307 Benjamin-Hudon
Saint-Laurent, Montréal, Québec
H4N 1J1
(514) 336-4333

ET

Éditions Télémédia inc.
Groupe Marketing Direct
2001, rue Université
9ᵉ étage
Montréal (Québec)
H3A 2A6
(514) 499-0561

Dépôt légal : 3 ᵉ trimestre 1990
Bibliothèque nationale du Québec
Bibliothèque nationale du Canada

ISBN 2-551-12413-1

Imprimé au Canada

Le lac du Soleil d'Or

Texte de
Jacqueline Barrette

Illustré par
Bernard Groz

Perlin et Perline s'en vont faire des courses et pendant ce temps, grand-papa Bi prendra bien soin de Pruneau et Cannelle.

7

Pruneau demande à grand-papa Bi s'il veut faire une marche autour de son petit lac.

— Bien sûr que oui ! répond grand-papa Bi.

Ils sortent du chalet et prennent la main de grand-papa Bi pour descendre le petit chemin qui mène au lac.

Sais-tu comment il s'appelle son lac ? Il s'appelle le lac du Soleil d'Or. C'est grand-papa Bi qui lui a donné ce nom-là, au lac.

Tandis qu'ils descendent le petit chemin, Cannelle demande à grand-papa Bi :

— Pourquoi tu lui as donné ce nom-là à ton lac ?

Pruneau aussi, il aimerait savoir pourquoi. Toi, veux-tu savoir pourquoi ?

11

Grand-papa Bi raconte pourquoi :

— C'était un matin, je m'étais levé très très très tôt, comme d'habitude, même que le soleil était encore en pyjama !

— Ça se peut pas !

Ça, c'est Cannelle qui vient de dire ça en riant...

Grand-papa Bi et Pruneau rigolent aussi.

— Continue, grand-papa Bi ! dit Pruneau.

Alors, grand-papa Bi continue de raconter l'histoire :

— Oui, le jour commençait à paraître, ça, ça veut dire que la lumière commençait à réveiller les petits oiseaux...

Grand-papa Bi décide de s'asseoir sur la belle balançoire près du lac. Pruneau et Cannelle s'assoient aussi et ils ont bien hâte que grand-papa Bi continue l'histoire.

14

Tandis que grand-papa Bi raconte, Pruneau et Cannelle imaginent la lumière, les petits oiseaux et grand-papa Bi qui vient tout juste de se réveiller. Ils ferment les yeux et c'est comme s'ils voyaient tout dans leur tête.

Grand-papa Bi dit :

— Alors, moi, je regarde par la fenêtre du chalet et qu'est-ce que je vois ? Un magnifique grand héron qui se trempait les pattes dans mon petit lac ! C'était beau en grand !

Je ne faisais pas de bruit, pour ne pas lui faire peur. L'eau du lac était tellement calme. Et la lumière s'allumait de plus en plus. Ça voulait dire que le soleil s'en venait.

Alors moi, j'ai décidé de laisser le grand héron déjeuner tranquille et puis j'ai fait un petit feu dans la cheminée et puis j'ai décidé de me faire à déjeuner, moi aussi, et puis de laver la vaisselle et puis... Le temps avait passé...

— Tout à coup, je regarde encore par la fenêtre et là ! Oh
la la !

— Quoi ? Quoi grand-papa ?

Grand-papa Bi ferme les yeux pour mieux voir dans sa tête le lac comme il l'avait vu ce matin-là... dans son histoire. Et il raconte à Pruneau et Cannelle :

— Le soleil, on aurait dit qu'il remplissait le lac, on aurait dit qu'il était tombé dans le lac ! Tellement, qu'on aurait dit qu'au lieu de l'eau, c'était de l'or ! Même qu'on aurait dit qu'il n'y avait plus d'eau dans le lac, c'était juste de la lumière ! Et je regardais le grand héron qui avait plein de soleil sur son corps; on aurait dit que c'était un grand héron d'or ! Même ma petite chaloupe verte, elle n'était plus verte, elle était comme en or, et le quai aussi ! Ah ! que je trouvais ça beau !

Pruneau et Cannelle ferment les yeux et, eux aussi, ils voient dans leur tête tout ce que grand-papa Bi raconte :

— Ça devait être beau ! dit Cannelle.

— J'aurais aimé ça être avec toi, grand-papa Bi ! dit Pruneau.

Grand-papa Bi ouvre les yeux en disant :

— Mais tout à coup, je vois quoi ?

— Quoi ? Quoi ? Grand-papa Bi ?

— Un renard ! Ah ! le filou ! Il avait vu le héron et ça lui tentait de manger du héron pour déjeuner, comprenez-vous ? C'est normal pour un renard, mais moi, ça ne me tentait pas qu'il déjeune avec ce grand héron-là !

— Ça fait que j'ai ouvert la porte en poussant un grand cri :

— Aïe ! Aïe ! renard, va déjeuner ailleurs !

— Est-ce qu'il s'est sauvé ? demande Cannelle.

Grand-papa lui répond :

— Ah oui ! et puis il n'avait pas l'air content du tout, je te le dis !

— Et le grand héron, lui ? C'est Pruneau qui veut savoir.

— Le grand héron ? Il était déjà en train de s'élever dans le ciel avec ses grandes ailes pleines de soleil. Il a quand même tourné la tête et il m'a dit :

— Merci, grand-papa Bi !

Grand-papa Bi a pris une drôle de voix pour dire ça et c'est pourquoi Pruneau et Cannelle éclatent de rire.

— Et qu'est-ce que tu as fait après ?

— Je suis descendu pour me baigner dans mon petit lac.
Alors, rendu en bas, je m'assois sur le bord du quai avec
mes orteils qui gigotent dans l'eau et, tout à coup,
j'entends :

— Goum-gargoum ! Goum-gargoum ! C'était Clapotine !

Pruneau et Cannelle pensent que Clapotine c'est une amie
de grand-papa Bi, mais non...

Toi, sais-tu qui c'est Clapotine ?

Écoute, grand-papa Bi va te le dire.

31

— C'était ma grenouille préférée, celle que j'ai baptisée Clapotine, celle au beau manteau vert mousse avec des étoiles jaunes dessus. Comme d'habitude, au petit matin, elle chante pour me dire bonjour !

Pruneau demande :

— Elle te parle, Clapotine ?

Grand-papa Bi et Cannelle se mettent à rire.

— Bien, ce matin-là, on aurait dit qu'elle avait quelque chose de plus à me dire...

Cannelle veut savoir quoi et Pruneau aussi.

33

Grand-papa Bi les prend par la main et, tout en descendant jusqu'au petit lac, il leur raconte ce que Clapotine lui avait dit ce matin-là...

— Il m'a semblé que ce matin-là, elle me disait :

— Grand-papa Bi, ça fait plusieurs fois que tu cherches un nom à ton petit lac eh bien, j'en ai un à te suggérer. Tu n'as qu'à te baigner dans ton lac et tu vas le découvrir.

— Alors j'ai plongé, et rendu au milieu de mon petit lac, je me suis mis sur le dos pour flotter et quand j'ai ouvert les yeux, j'ai vu que le ciel aussi était tout en or. On ne voyait presque plus de bleu tellement le soleil était partout. Le lac était en or, ma chaloupe, les oiseaux, mes orteils, même mon bedon : un vrai bedon d'or ! Alors, j'ai décidé que mon petit lac je l'appellerais...

Pruneau, Cannelle et Grand-papa Bi disent ensemble et très fort :

— Le lac du Soeil d'Or !

Cannelle et Pruneau applaudissent.

Grand-papa Bi et ses deux petits-enfants sont assis au bout du quai et battent des pieds dans l'eau. Tout à coup, ils s'arrêtent, car ils entendent qui ? Oui, Clapotine !

39

Ils font silence et voilà que Clapotine, qui était cachée sous le quai, vient faire des acrobaties.

Pruneau et Cannelle trouvent que c'est vrai que son manteau a l'air fait de mousse et c'est vrai pour les étoiles d'or aussi !

40

Clapotine prend son élan et valse et nage, sort sa petite tête, plonge à nouveau et Pruneau dit :

— Si elle avait un crayon au bout de ses pattes, à force de tourner et de plonger comme ça, peut-être que ça finirait par écrire quelque chose sur le lac !

Et Cannelle dit :

— Oui, moi, je pense que Clapotine est en train d'écrire avec des plif ! et des plouf !

Et grand-papa Bi dit :

— Oui, Oui ! Elle écrit : *Soleil d'Or.*